HEN FERCHETAN

I Anna, fy merchetan ifanc hyfryd

HEN FERCHETAN

Ewan Smith

Argraffiad cyntaf: 2023
© Hawlfraint Ewan Smith a'r Lolfa Cyf., 2023

Llun y clawr: Thom Morgan

Rhif Llyfr Rhyngwladol: 978 1 80099 368 6

Dymuna'r cyhoeddwyr gydnabod cymorth ariannol
Cyngor Llyfrau Cymru

Cyhoeddwyd ac argraffwyd yng Nghymru
ar bapur o goedwigoedd cynaliadwy gan
Y Lolfa Cyf., Talybont, Ceredigion SY24 5HE
e-bost ylolfa@ylolfa.com
gwefan www.ylolfa.com
ffôn 01970 832 304

Hen Ferchetan
(Cân draddodiadol – *A traditional song*)

Hen ferchetan wedi colli'i chariad	*An old maid has lost her love*
Cael un arall dyna oedd ei bwriad	*Finding another, that was her plan*
Ond nid oedd un o lanciau'r pentre	*But not one of the young men of the village*
Am briodi Lisa fach yr Hendre	*Wanted to marry little Lisa from Hendre*
Hen ferchetan sydd yn dal i drio	*An old maid keeps on trying*
Gwisgo lasys sidan ac ymbincio	*Dressed in silk lace and make-up*
Ond er bod brân i frân yn rhywle	*But although there's a crow for every crow somewhere*
Nid oes neb i Lisa fach yr Hendre	*There's no-one for little Lisa from Hendre*
Hen ferchetan bron â thorri'i chalon	*An old maid with her heart almost broken*
Mynd i'r llan mae pawb o'i hen gariadon	*All her old lovers are off to the church*
Bydd tatws newydd ar bren falau	*There will be new potatoes on the apple tree*
Cyn briodith Lisa fach yr Hendre	*Before little Lisa from Hendre will marry*
Hen ferchetan aeth i Ffair y Bala	*An old maid went to Bala Fair*
Gweld Siôn Prys yn fachgen digon smala	*Sees Siôn Prys, a cheeky lad*
Gair a ddywedodd wrth fynd adre	*He said a word as he went home*
Gododd galon Lisa fach yr Hendre	*And little Lisa from Hendre's heart leapt*

1

Hen ferchetan wedi colli'i chariad

Roedd Lisa'n **plannu** tatws yn y cae bach. Mi wnaeth hi dwll yn y **pridd** tywyll a rhoi'r daten olaf yn ei lle. 'Dw i'n priodi heddiw,' meddai'n dawel. Safodd hi ar ei thraed. 'Dw i'n priodi heddiw!' gwaeddodd hi.

Hedfanodd aderyn o'r goeden afalau mewn sioc a chwerthinodd Lisa. Pa ots pwy oedd yn ei chlywed hi? Heddiw oedd diwrnod gorau ei bywyd.

Roedd Lisa wedi gorffen ei gwaith. Aeth hi i'r **nant** a golchi ei dwylo yn y dŵr oer. Edrychodd hi ar ei dwylo. Roedden nhw'n gryf, dwylo dynes sy'n gweithio.

'Heno, bydd Cledwyn yn dal y dwylo hyn,' meddyliodd hi. Rhoiodd hi ei bys ar ei **gwefusau**. 'Heno, bydd Cledwyn yn cusanu'r gwefusau hyn.' Edrychodd hi ar ei hwyneb yn y dŵr. 'Wyt ti'n **hardd**?' Doedd hi ddim yn siŵr.

Cododd hi ei chrys a sblasio dŵr o dan ei breichiau i olchi'r chwys i ffwrdd. Ciciodd hi ei **chlocsiau** i ffwrdd a golchi ei thraed. Roedd hi isio bod yn hardd i Cledwyn ar noson y briodas.

'Lisa! Lisa!'

Edrychodd Lisa i fyny. Roedd Annest, ei ffrind, yn rhedeg ar

plannu – *to plant*	pridd – *soil*
nant – *stream*	gwefus(au) – *lip(s)*
hardd – *beautiful*	clocsiau – *clogs*

draws y cae. Cydiodd Annest yn nwylo Lisa a dawnsio o gwmpas efo hi. 'Wyt ti'n gyffrous?' chwerthinodd hi.

Gwenodd Lisa. 'Wrth gwrs.'

Siaradodd Annest yn fwy tawel. 'Wyt ti'n nerfus?'

Cochodd bochau Lisa. 'Ychydig bach.' Ei noson gyntaf efo Cledwyn. Roedd hi'n edrych ymlaen yn fawr.

Chwerthinodd Annest eto. Rhoiodd hi gwtsh i Lisa. 'Dw i mor hapus drosot ti.' Cydiodd hi yn llaw Lisa. 'Tyrd ymlaen. **Mae'n bryd** mynd i'r briodas!'

Aethon nhw i fwthyn Lisa **ar ras**. Roedd Annest wedi dŵad i helpu Lisa i baratoi. Brwsiodd hi wallt Lisa a rhoi **coron** o flodau gwyllt iddi. Helpodd hi Lisa i wisgo ei ffrog wen syml a rhoi **rhuban** gwyrdd o amgylch ei chanol.

Edrychodd Lisa arni ei hun yn y **drych**. Llenwodd ei llygaid â dagrau. 'Dw i'n gobeithio bod Cledwyn yn hapus.'

Cusanodd Annest ei boch. 'Wrth gwrs ei fod o'n hapus. Mae o'n ddyn lwcus iawn. **Rwyt ti'n gariad i gyd.**' Roedd hynny'n wir, meddyliodd Lisa. Roedd ei chalon yn llawn cariad. Roedd hi isio rhannu ei chariad efo'i gŵr newydd.

Cerddon nhw law yn llaw i'r eglwys. Ond roedd yn rhyfedd. Roedd Lisa yn disgwyl i bawb yn y pentref gerdded efo nhw. Dyna oedd yr **arfer**. Ond pan welodd pobl Lisa ac Annest yn dŵad, roedden nhw'n brysio i mewn i'w tai. Cerddodd y ddau ffrind drwy'r pentref yn dawel.

'Beth sy'n digwydd?' gofynnodd Lisa mewn llais isel.

mae'n bryd – *it's time*	ar ras – *at a pace*
coron – *crown*	rhuban – *ribbon*
drych – *mirror*	
rwyt ti'n gariad i gyd – *you're all heart (literally: you're all love)*	
arfer – *custom*	

Ysgydwodd Annest ei phen. 'Dw i ddim yn gwybod.'

'Lle wyt ti'n mynd?' gwaeddodd Rhys, brawd Cledwyn.

'I'r eglwys,' atebodd Annest. 'Mae Lisa yn mynd i briodi Cledwyn.'

Chwerthinodd Rhys. 'Fydd Cledwyn ddim yn priodi neb heddiw. Mae o wedi mynd i'r bryniau efo'i gi i ddal cwningod.'

Edrychodd Lisa arno mewn **dryswch**. Doedd hynny ddim yn bosib. Wrth gwrs ei bod hi a Cledwyn yn mynd i briodi heddiw. Roedden nhw'n mynd i ddechrau bywyd newydd efo'i gilydd. Bywyd o gariad. Efo llawer o blant. Roedd eu teulu yn mynd i fod mor hapus.

Ond roedd yr eglwys yn oer a thywyll. Doedd yr **offeiriad** ddim yno. Doedd y **canhwyllau** ddim yn llosgi. 'Bydd Cledwyn yma,' meddai Annest. 'Paid â phoeni.'

Eisteddon nhw yn yr eglwys am amser hir. Ond wnaeth Cledwyn ddim dŵad. Yn y diwedd, roedd rhaid i Annest adael. 'Mae'n ddrwg gen i, fy ffrind annwyl. Mae'n rhaid i mi fynd i **odro**'r fuwch.'

Yn araf, tynnodd Lisa'r goron o flodau o'i gwallt. Roedd yr **hapusrwydd** wedi gadael ei byd. Roedd y cariad y tu mewn iddi wedi mynd. Ac roedd ei chalon yn drist ac yn drwm fel **carreg**.

ysgwyd – *to shake*	dryswch – *confusion, puzzlement*
offeiriad – *priest*	cannwyll (canhwyllau) – *candle(s)*
godro – *to milk*	hapusrwydd – *happiness*
carreg – *stone*	

2

Cael un arall, dyna oedd ei bwriad

Cerddodd Lisa allan o'r eglwys yn araf. Roedd hi'n ddiwrnod heulog ond roedd hi'n teimlo'n oer iawn. A oedd marw fel hyn? Mi wnaeth hi ei ffordd drwy'r pentref. Pan oedd pobl yn ei gweld hi, roedden nhw'n codi eu plant ac yn brysio i ffwrdd. Doedden nhw ddim isio bod yn agos ati.

Rhywsut, aeth ei thraed â hi adref. Safodd y tu allan i'r bwthyn a chofio paratoi ar gyfer y briodas. Roedd hi mor hapus. Roedd hi ac Annest yn chwerthin a chanu. Rŵan roedd **tywyllwch** ofnadwy yn llenwi ei meddwl.

Taflodd hi'r goron o flodau i'r mochyn ei bwyta. Ciciodd ei hesgidiau i ffwrdd a thynnu'r rhuban gwyrdd o'i chanol. Yna troiodd hi a rhedeg, gan **sgrechian** ar yr awyr.

Y noson honno, **crwydrodd** Lisa o amgylch y bryniau. Siaradodd â hi ei hun. Chwerthinodd hi. Criodd hi. Roedd ei phen yn llawn **galar**. Dim ond am Cledwyn, ei gŵr, roedd hi'n medru meddwl. Ond doedd o ddim yn ŵr iddi hi. Yn y diwedd, aeth hi i gysgu mewn **cors** o dan y lleuad.

Pan ddeffrodd hi'r bore wedyn, roedd cwningen yn **llyfu**'i

tywyllwch – *darkness*	sgrechian – *to scream*
crwydro – *to roam*	galar – *grief*
cors – *bog*	llyfu – *to lick*

hwyneb hi. **Gwthiodd** hi'r anifail i ffwrdd a sefyll i fyny'n araf. Roedd yn ddiwrnod arall. Rhywsut, roedd yn rhaid iddi **barhau** i fyw. Cerddodd hi i lawr y bryn i'r pentref. Roedd Cledwyn yn eistedd y tu allan i'r dafarn efo'i ffrindiau.

Aeth y ffrindiau yn dawel wrth i Lisa ddŵad yn agos. Stopiodd hi o flaen Cledwyn. 'Beth ddigwyddodd, cariad? Ddoe oedd diwrnod ein priodas ni. Pam ddest ti ddim i'r eglwys?'

'I briodi rhywun fel chi?' gwaeddodd Cledwyn. 'Dach chi ddim yn gwisgo esgidiau. Mae eich gwisg chi'n **fudr**. Dach chi'n edrych fel anifail **gwyllt**!'

Llenwodd llygaid Lisa â dagrau. 'Ond dw i'n dy garu di.'

Chwibanodd Cledwyn ar ei gi. Rhedodd Lisa i ffwrdd wrth i'r dynion ifanc chwerthin.

Aeth diwrnodau heibio. Wythnosau. Roedd yn amser ofnadwy i Lisa. Collodd hi ei hun yn ei gwaith. Roedd hi'n cadw'n brysur o fore tan nos fel ei bod hi'n rhy **flinedig** i feddwl. Tyfodd tatws yn y cae. Tyfodd afalau ar y goeden. Daliodd hi bysgod yn yr afon a chwningod yn y coed. Casglodd hi **fadarch** gwyllt ac **aeron**. Bob wythnos aeth hi â bwyd i'r farchnad a dŵad adref efo pwrs llawn. Ond doedd yr arian ddim yn helpu ei chalon llawn poen.

Ond yna, pan ddeffrodd hi un bore, roedd pethau'n teimlo'n wahanol. Roedd ei chariad hi at Cledwyn wedi mynd. Roedd o wedi mynd fel y niwl yn haul y bore. Am unwaith, ddechreuodd hi ddim trwy weithio efo'r wawr. Yn lle hynny, eisteddodd hi y tu allan i'r bwthyn efo paned. Edrychodd hi ar y blodau yn yr

gwthio – *to push*	parhau – *to continue*
budr – *filthy*	gwyllt – *wild*
chwibanu – *to whistle*	blinedig – *tired*
madarch – *mushrooms*	aeron – *berries*

ardd. Ar y nant. Ar yr adar yn yr awyr. Ar y bryniau pell. Roedd
y byd yn lle hardd, yn lle i fod yn hapus.

Yn y coed ar draws y cae, roedd Annest yn casglu pren ar
gyfer y tân. Am wythnosau, roedd Lisa wedi anfon ei ffrind i
ffwrdd pan ddaeth i ymweld â hi. Ond pan welodd Annest Lisa,
triodd hi eto. Daeth hi tuag at y bwthyn. 'Dw i'n dy golli di, Lisa.
Pam dwyt ti ddim isio fy ngweld i? Fi ydy dy ffrind. Dy ffrind
gorau.'

Safodd Lisa ar ei thraed. Roedd dagrau yn ei llygaid. Cydiodd
hi yn nwylo Annest a chusanu ei boch.

'Dw i mor flin. Dw i wedi bod yn ofnadwy i ti.' Rhoiodd hi
gwtsh hir i'w ffrind. 'Dw i wedi bod mor anhapus. Ond heddiw
mae rhywbeth wedi newid. Rŵan dw i'n medru gweld y ffordd
ymlaen.'

Daeth dagrau i lygaid Annest. 'Rwyt ti'n gwenu eto. Mae fy
ffrind wedi dŵad 'nôl.' Eisteddon nhw i lawr. 'Felly, oes gen ti
gynllun?'

Edrychodd Lisa ar Annest am eiliad hir. 'Oes. Mae'n syml
iawn. Dw i'n ddynes ar ei phen ei hun. Mae disgwyl i mi gael
gŵr. Felly dw i'n mynd i ffeindio gŵr i mi fy hun.'

3
Ond nid oedd un o lanciau'r pentre

'Pam dw i ddim yn medru cael gŵr?' gofynnodd Lisa i'r ieir. Roedd hi'n taflu eu bwyd o amgylch yr iard. 'Mae'n hawdd i chi. Dw i'n prynu ceiliog yn y farchnad ac, ar unwaith, mae gynnoch chi i gyd ŵr. Ond mae pethau'n wahanol i ferched.'

'Pam dw i ddim yn medru cael gŵr?' gofynnodd Lisa i'r mochyn. Rhoiodd hi fwyd yn y bwced a dechreuodd y mochyn fwyta. 'Bob mis, mae **fy nghroth** yn crio. Dw i isio cael plant.' Gwenodd hi wrth weld y naw mochyn bach. 'Ond dim cymaint o blant â chi, efallai.'

'Pam dw i ddim yn medru cael gŵr?' gofynnodd Lisa am y trydydd tro. Roedd hi'n godro'r fuwch. Edrychodd hi ar y **tarw** yng nghae ei chymydog. Roedd o mor gryf. Roedd stêm yn dŵad o'i drwyn yn yr awyr oer. ''Dan ni'n **breuddwydio** am gael rhywun **golygus** i sefyll wrth ein hochr ni. I'n cadw ni'n gynnes yn y nos. I **sibrwd** pethau hyfryd yn ein clust ni.' Ond doedd y fuwch ddim yn ateb. Doedd gynni hi ddim breuddwydion, efallai.

Y noson honno, daeth Annest i ymweld â Lisa. Daeth hi ag aeron o'r goedwig roedd ei phlant wedi'u casglu. Rhoiodd Lisa gwtsh cynnes i'w ffrind. 'Diolch yn fawr. Yfory, mi fydda i'n

---

fy nghroth – *my womb*	tarw – *bull*
breuddwydio – *to dream*	golygus – *handsome, good-looking*
sibrwd – *to whisper*	

pobi tarten aeron. Byddwn yn ei bwyta efo'r hufen ffres ar ben y llefrith.'

Gwelodd Annest bapur ac inc ar y bwrdd. Roedd Lisa wedi bod yn ysgrifennu.

'Beth wyt ti'n wneud?' gofynnodd Annest efo gwên.

'Dw i'n **cynllunio**. Dw i angen gŵr, mae'n debyg.'

Eisteddodd Annest i lawr. Cydiodd hi yn llaw ei ffrind. 'O Lisa, dw i ddim yn meddwl y bydd Cledwyn yn newid ei feddwl. Gweles i fo'n dawnsio efo Fflur, merch y **crydd**, dros y penwythnos.'

Oerodd llygaid Lisa. 'Dw i ddim isio Cledwyn yn ŵr rŵan. Ro'n i'n ei garu fo ond ddim erbyn hyn. Mae gan y dyn yna galon o garreg. Dydy Cledwyn ond yn meddwl amdano fo ei hun.' Roedd hi'n gwenu. 'Ond mae 'na ddynion eraill. A dw i wedi gwneud rhestr.'

Edrychodd Annest ar y papur. 'Madog Gruffudd... Owain ap Gwilym... Pedr Morganwg... mae'r rhain i gyd yn ddynion o'r pentre.'

Nodiodd Lisa. 'Ydyn... dynion sy ddim yn briod eto.'

'Ond dw i ddim yn dallt...' meddai Annest

Safodd Lisa ar ei thraed. 'Tyrd. 'Dan ni'n mynd am dro.'

Roedd hi'n dywyll ond roedd digon o olau lleuad iddyn nhw allu gweld. Cerddon nhw drwy'r pentref. Roedden nhw'n medru clywed chwerthin a chanu yn dŵad o'r dafarn.

Pwyntiodd Lisa at dŷ. 'Mae Emyr Iwan yn byw yno.' Ac un arall. 'Hefin Evans. Ac yno – Owain Matthews. Mae llawer o ddynion sengl yn y pentre. Mae angen gwraig ar bob un ohonyn nhw. A dyma fi – dynes sydd angen gŵr, mae'n debyg.'

---

cynllunio – *to plan* crydd – *shoemaker*

Rhoiodd Annest gwtsh i'w ffrind. 'Ai dyna wyt ti isio? Wel, byddi di'n ffeindio gŵr un diwrnod. Fel y gwnes i.'

Ysgydwodd Lisa ei phen. 'Wnest ti briodi y dyn roeddet ti'n ei garu yn blentyn. Ond doedd gen i ddim un o'r rheini. Wnaeth dynion ifanc ddim rhoi blodau i mi, na dawnsio efo fi o dan y lleuad, na thrio dwyn cusan. Dw i wedi blino aros i ddynion newid fy mywyd i. Na, os dw i'n mynd i ffeindio gŵr, bydd yn rhaid i mi newid fy mywyd fy hun.'

Edrychodd Annest ar ei ffrind mewn dryswch. 'Beth wyt ti'n mynd i'w wneud?'

Daeth Lisa â'r darn o bapur allan. 'Rhywle yn yr enwau hyn, mae 'na ŵr i mi. Ond fydd y dynion ddim yn dŵad i **guro** ar fy nrws. Felly, bydd yn rhaid i mi guro ar eu drysau nhw yn lle hynny.'

---

curo – *to knock*

4

Am briodi
Lisa fach yr Hendre

Arhosodd Lisa am eiliad. Roedd hi'n teimlo'n nerfus. Dyma'r
tro cyntaf iddi wneud rhywbeth fel hyn. Cododd ei llaw a churo
ar y drws. Atebodd Cadwyn ap Evan. Roedd yn ddyn mawr efo
wyneb coch. Edrychodd Cadwyn ar Lisa. Roedd yn synnu ei
gweld hi.

'Beth dach chi isio? Dw i'n brysur yn gweithio.'

'Mae gen i gynnig i chi, Cadwyn ap Evan.'

Crychodd o ei dalcen.

'Dewch i mewn,' meddai gan arwain Lisa i mewn i'r tŷ.
Eisteddon nhw wrth y bwrdd a dywedodd Lisa wrth Cadwyn am
ei chynllun. ''Dan ni'n gymdogion. Mae gynnoch chi gae ac mae
gen i gae. **Dychmygwch** y ddau gae yn un cae.'

Edrychodd Cadwyn ar Lisa mewn dryswch. 'Dach chi isio
gwerthu cae i mi?'

Ysgydwodd Lisa ei phen. 'Na. Mae gen i syniad. Beth tasen
ni'n priodi?'

Troiodd wyneb Cadwyn o goch i **borffor**. 'Priodi? Chi a fi?
PRIODI!'

Yn ôl adref, tynnodd Lisa linell drwy'r enw Cadwyn ap Evan
ar ei rhestr. Doedd hi ddim yn **ddigalon**. Roedd ffeindio gŵr

---

crychodd o ei dalcen – *he frowned*	dychmygu – *to imagine*
porffor – *purple*	digalon – *downhearted*

yn mynd i fod yn anodd, wrth gwrs. Ac roedd llawer o ddynion sengl eraill yn y pentref.

★

Cyfreithiwr oedd Gwriad Davies. Roedd gynno fo lygaid siarp. Tra oedd Lisa'n siarad, wnaeth o ddim blincio unwaith. 'Dach chi'n ddyn **difrifol**,' meddai Lisa. 'Mae angen dynes ddifrifol arnoch chi fel gwraig. Dach chi ddim isio merch ifanc sy'n hoffi prynu dillad newydd bob dydd a dawnsio efo'i ffrindiau bob nos. Dach chi angen rhywun fel fi.'

Wnaeth ei wyneb o ddim troi'n borffor. A wnaeth o ddim gweiddi arni. Ond fel Cadwyn ap Evan, dywedodd o 'Na' wrth Lisa.

'Diolch i chi am y syniad. Ond roeddech chi'n mynd i briodi Cledwyn, dw i'n meddwl?' Cochodd Lisa a nodiodd ychydig.

'Beth ddigwyddodd?'

'Newidiodd Cledwyn ei feddwl,' meddai Lisa mewn llais isel.

Edrychodd Gwriad Davies ar Lisa efo'i lygaid siarp. 'Doeddech chi ddim yn ddigon da i Cledwyn? Yna, yn sicr, dach chi ddim yn ddigon da i mi.' Troiodd at y papurau ar ei ddesg. 'Rŵan mae gen i waith i'w wneud.'

Cerddodd Lisa adref yn araf. Roedd dagrau ar ei bochau. Eisteddodd hi wrth y bwrdd a thynnu llinell trwy enw Gwriad Davies. Roedd hi'n clywed ei eiriau yn ei phen, 'ddim yn ddigon da… ddim yn ddigon da…' Roedd hi'n teimlo cymaint o **gywilydd**.

★

---

difrifol – *serious*   cywilydd – *shame*

'Dach chi angen gwraig i roi plant i chi,' meddai Lisa wrth Tomos Penderyn. 'Dach chi angen rhywun fydd yn gweithio'n galed yn y siop ac yn gofalu amdanoch chi pan fyddwch chi'n mynd yn hen. Dach chi angen fi.'

Ond chwerthinodd Tomos Penderyn yn wyneb Lisa. 'Dw i'n ddyn cyfoethog. Dw i'n medru cael unrhyw ddynes yn y pentre i fod yn wraig i mi. Pam ddylwn i eich dewis chi?'

'Dw i'n gryf ac yn iach. Dw i'n medru rhoi plant iach, cryf i chi,' meddai Lisa.

'Chi a phob dynes arall. Dw i'n breuddwydio am ddynes ifanc, am ddynes hardd. Am chwerthin. Am gorff cynnes wrth fy ochr yn y nos.' Edrychodd Tomos ar Lisa. 'Dw i ddim isio **cofleidio** hen ferchetan.'

Aeth Lisa'n oer pan glywodd hi ei eiriau. Yn ôl adref, tynnodd hi linell drwy enw Tomos Penderyn. Oedd hi'n hen? Oedd pobl wir yn meddwl ei bod hi'n hen?

Ffeindiodd yr ateb pan gurodd ar ddrws Pice Pantycelyn. Roedd yn ddyn moel efo bola mawr a dannedd melyn. Chwerthinodd Pice arni hi. 'Priodi chi? Efo'ch **crychau** chi a'ch gwallt llwyd a'ch mwstás?' Roedd yn chwerthin yn uchel wrth iddo gau'r drws yn ei hwyneb.

Yn ôl adref, edrychodd Lisa ar ei hwyneb yn y drych. Doedd hi ddim yn medru gweld dim achos y dagrau. Roedd gynni hi ychydig o grychau. Roedd gynni hi ychydig o **flew** llwyd. Mwstás ysgafn. Ond roedd hynny i gyd yn normal. Suddodd ei phen i'w dwylo. Dechreuodd hi grio'n **chwerw**. Oedd yr holl ddynion yn yr Hendre yn mynd i ddweud 'Na' wrthi hi?

cofleidio – *to embrace*	crych(au) – *wrinkle(s)*
blewyn (blew) – *hair(s)*	chwerw – *bitter*

5

Hen ferchetan sydd yn dal i drio

Roedd Lisa'n flin. Roedd hi'n flin efo dynion y pentref. Efo'i bywyd unig. Efo'r mwstás ar ei gwefus. Efo popeth! A phan oedd Lisa'n ddig, roedd hi'n gweithio'n galed. Roedd hi'n dechrau bob bore cyn bod yr haul yn yr awyr. Ac roedd hi'n dal i weithio bob nos pan oedd yr haul yn cuddio y tu ôl i'r bryniau. Achos pan oedd hi'n gweithio, doedd hi ddim yn meddwl am ei bywyd diflas hi.

Felly bob dydd roedd hi'n casglu **gwlân** y tair dafad. Roedd hi'n codi'r **chwyn** o'r cae i'r tatws dyfu'n dda. Roedd hi'n dilyn y **gwenyn** i gasglu'r mêl. Roedd hi'n chwilio'r goedwig am aeron a **chnau**. Roedd hi'n mynd â'r bwyd i'r farchnad bob wythnos a gwerthu popeth. Roedd hi'n dŵad yn ddynes gyfoethog. Dynes gyfoethog flin. Dynes gyfoethog flin oedd isio mwy o'i bywyd.

Daeth Annest i ymweld â hi un noson. 'Eistedda efo mi, Lisa,' meddai. 'Blasa un o fy nghacennau i. Maen nhw'n flasus iawn.'

Eisteddodd Lisa i lawr ond doedd hi ddim yn bwyta. Edrychodd hi ar y papur ar y bwrdd. Roedd hi wedi tynnu llinell ar ôl llinell drwy enwau dynion sengl y pentref. Roedd ei llygaid yn llenwi efo dagrau. 'Dydy hi ddim yn **deg**. Mae'r dynion yn chwerthin arna i. Maen nhw'n dweud fy mod i'n rhy hen i briodi; ond

gwlân – *wool*	chwyn – *weeds*
gwenyn – *bees*	cnau – *nuts*
teg – *fair*	

maen nhw'n hŷn na fi. Maen nhw'n dweud fy mod i'n rhy **hyll**; ond maen nhw'n llawer mwy hyll na fi. Pwy ydyn nhw i chwerthin?'

'Dw i'n gwybod, ffrind annwyl,' meddai Annest yn dawel.

'Dw i ddim yn gwybod pam maen nhw mor gas wrtha i. Os oes gen i wyau i'w gwerthu, neu hwyaden dew, neu sanau cynnes, dw i'n curo ar ddrysau pobl. 'Dan ni'n cael sgwrs neis. Maen nhw'n dweud, "Ydw, dw i isio prynu wyau" neu "Na, dw i ddim isio hwyaden." Ond 'dan ni ddim yn **dadlau**. Dydyn nhw ddim yn gweiddi arna i a fy anfon i ffwrdd.'

Rhoiodd Annest ei llaw ar fraich Lisa. 'Ond mae'n wahanol pan wyt ti'n gofyn iddyn nhw dy briodi di, fy ffrind.'

'Ond pam?' gwaeddodd Lisa. 'Dynion ifanc ydyn nhw; maen nhw angen gwragedd. Dw i'n ddynes ifanc; dw i angen gŵr, efallai.' Stopiodd Lisa. Ond oedd hi'n dal yn ddynes ifanc? 'Hen ferchetan' roedd Tomos Penderyn wedi ei galw hi. Aeth hi ymlaen ar ôl eiliad neu ddwy. 'Pam 'dan ni ddim yn medru trafod y syniad yn **synhwyrol**?'

Ysgydwodd Annest ei phen. 'Dydy'r byd ddim yn gweithio fel hynny. Mae dynion yn meddwl eu bod nhw'n glyfar a **phwerus**. Maen nhw isio gwneud y penderfyniadau i gyd. Ond maen nhw'n wan. Mae gynnyn nhw ofn merched cryf fel ti. A phan fydd dynion yn ofnus, maen nhw'n mynd yn flin. Dyna pam wnaeth y dynion yna dy **sarhau** di.'

'Ond dw i ddim yn **frawychus**. Pan fydda i'n priodi, mi fydda i'n caru fy ngŵr. Mi fydda i'n gweithio'n galed i'w wneud o'n hapus.' Llenwodd ei llygaid â dagrau eto. 'A dw i isio gŵr. Dw i

hyll – *ugly*	dadlau – *to argue*
synhwyrol – *sensible*	pwerus – *powerful*
sarhau – *to insult*	brawychus – *scary*

angen rhywun i greu bywyd newydd efo fo. I gael plant efo fo.'

'Un diwrnod, fy ffrind,' meddai Annest yn dawel. 'Ond ddim fel hyn.'

Edrychodd Lisa arni. 'Felly beth ddylwn i wneud?'

Meddyliodd Annest am eiliad. 'Mae dynion yn rhai sensitif, Lisa. Maen nhw isio teimlo eu bod yn rheoli pethau. Ti'n iawn... mae angen gwragedd ar y dynion ar dy restr di a rwyt ti'n ddewis gwych. Ond mae'n rhaid i'r dynion deimlo eu bod nhw'n dewis eu gwraig.'

'Dw i ddim yn dallt.'

'Os wyt ti isio priodi, paid â mynd at y dynion a gofyn iddyn nhw briodi. Gad i'r dynion ddŵad atat ti!'

6

Gwisgo lasys sidan ac ymbincio

Symudodd y llinell yn sydyn. 'Da iawn, Lisa!' gwaeddodd Annest yn gyffrous. 'Pysgodyn!'

Roedd y pysgodyn yn tynnu'n galed ar y **bachyn**. Ond roedd Lisa'n gwybod beth roedd hi'n wneud. **Estynnodd** ei dwylo hi i'r dŵr. Mewn eiliad, roedd y pysgodyn yn y **rhwyd**. Doedd o ddim yn mynd i **ddianc** rŵan.

Ar ôl casglu pren roedden nhw wedi coginio'r pysgodyn ar dân bach. Rhoiodd Lisa ddarn o bysgodyn ar **ddeilen** fawr. Defnyddiodd hi ei bysedd i fwyta. 'Blasus iawn.'

Dangosodd Annest y bachyn pysgota i Lisa. 'Dyma sut wnest ti ddal ein brecwast ni.'

Roedd y bachyn yn lliwgar ac wedi ei wneud o blu a rhuban. 'Pan mae'r pysgod yn edrych arno, 'dyn nhw ddim yn gweld unrhyw beth arall – dim ond y bluen liwgar.' Daliodd Annest ddwylo Lisa. 'A dyna sut rwyt ti'n mynd i fachu gŵr.'

Y diwrnod wedyn, aeth y ddwy ffrind ar antur. 'Dw i ddim yn gwybod pam 'dan ni'n gwneud hyn,' meddai Lisa.

Gwenodd Annest. 'Mae gan ferched ifanc y pentre fochau coch a llygaid **llachar**. Ond mae gen ti **rinweddau** eraill. Mae

bachyn – *hook*	estyn – *to extend*
rhwyd – *net*	dianc – *to escape*
deilen (dail) – *leaf (leaves)*	llachar – *bright*
rhinwedd(au) – *virtue(s)*	

gen ti galon dda – a digon o arian. Mae'n amser i ti **fuddsoddi** ynddot ti dy hun.'

Ysgydwodd Lisa ei phen. 'Am syniad!' Ond roedd hi'n hapus i ddilyn cyngor Annest. Roedd hi'n breuddwydio am gael gŵr. Felly aethon nhw i'r farchnad fawr yn y dref.

Roedd llawer o bethau i'w gweld yn y farchnad. Doedd Lisa ddim yn gwybod lle i ddechrau. Ond wrth fynd adref, yn y cart, roedd hi'n hapus iawn. Roedd ei phwrs yn wag ond roedd ei breichiau'n llawn. Roedd gynni hi **sidan** gwyrdd hardd. Roedd gynni hi esgidiau newydd oedd **yn gwneud i galon Lisa ganu**. Roedd **colur** am ei gwefusau a phowdwr am ei bochau. Roedd gynni hi frwsh bach i beintio'i llygaid a photel o **bersawr**... **perlau**... menig... het a **fêl**.

'Beth dw i'n mynd i'w wneud efo'r rhain i gyd?' chwerthinodd hi.

Gwenodd Annest. 'Paid â phoeni. Ddangosa i i ti.'

Dros yr wythnosau nesaf, cafodd y ddwy ddynes lawer o hwyl. Daeth Annest i dŷ Lisa bob nos. Dechreuon nhw efo'r sidan gwyrdd a'i newid yn wisg hardd. Roedden nhw'n edrych ar wallt Lisa bob dydd ac yn tynnu'r blew llwyd. Yna dewison nhw steil gwallt oedd yn edrych yn dda ar Lisa.

Roedden nhw'n ymarfer sut y dylai Lisa siarad â dynion. 'Dywedwch wrtha i amdanoch eich hun,' roedd Lisa'n dweud mewn llais melys. 'Dach chi'n glyfar iawn. Mae eich bywyd yn swnio mor ddiddorol. Dw i'n eich **edmygu** chi'n fawr. Dw

buddsoddi – *to invest*	sidan – *silk*
yn gwneud i galon Lisa ganu – *to make Lisa's heart sing*	
colur – *make-up*	persawr – *perfume*
perl(au) – *pearl(s)*	fêl – *veil*
edmygu – *to admire*	

i wrth fy modd yn eich clywed chi'n siarad. Dywedwch fwy amdanoch chi eich hun.'

Newidiodd Lisa'r ffordd roedd hi'n cerdded. Dim mwy o gamau mawr. Gwisgodd hi fenig am ei dwylo, dwylo dynes sy'n gweithio. A'r fêl i guddio'r crychau ar ei hwyneb. Dysgodd hi i beidio â chrychu ei thalcen, i chwerthin yn hapus bob amser.

'Nonsens yw hyn,' meddai Lisa un noson. 'Dyw hyn ddim yn fi.'

'Fyddi di'n medru bod yn ti dy hun ar ôl i ti briodi,' atebodd Annest. 'Rŵan 'dan ni'n dy droi di'n ddarn bach blasus. Rwyt ti'n demtasiwn mawr, fel bachyn i ddal pysgodyn. Pan fydd dynion y pentre yn dy weld di, byddan nhw isio dy ddal di. Fyddi di'n ormod o demtasiwn.'

O'r diwedd, roedd popeth yn barod. Un noson, fuon nhw'n paratoi Lisa am oriau.

Edrychodd Lisa arni ei hun yn y drych. Roedd hi'n edrych mor ddel. 'Pwy ydy'r ddynes hon?' sibrydodd.

Gwenodd Annest. 'Dyma ddynes sy'n mynd i ffeindio gŵr.'

7

Ond er bod brân i frân yn rhywle

'Arhosa nes bod pawb yn yr eglwys,' meddai Annest. 'Dyna'r amser i ti ddangos dy hun.'

Roedd Cledwyn, cyn-gariad Lisa, yn priodi'r prynhawn hwnnw. Dim ond 17 oed oedd ei **briodferch**, Fflur.

Roedd Lisa'n teimlo'n ofnus. 'Bydd pawb yn y pentre yno. Bydd pawb yn edrych arna i.'

Gwasgodd Annest ddwylo Lisa. 'A byddan nhw'n gweld dynes hardd, dynes gryf, dynes **annibynnol**.'

Doedd Lisa ddim yn siŵr. Cerddodd trwy'r pentref ar ei phen ei hun. Roedd y stryd yn dawel. Yr unig sŵn oedd ei hesgidiau hi yn taro'r tir caled. Clywodd hi gerddoriaeth yn dŵad o'r eglwys. Roedd pobl yn canu 'Un **Ffydd**, Un Corff, Un Cariad'.

Safodd Lisa y tu allan i'r eglwys. Roedd hi'n nerfus iawn. Doedd hi ddim yn gwybod beth i'w ddisgwyl. Ond pan stopiodd y gerddoriaeth, agorodd hi'r drws.

Troiodd pobl eu pennau. Roedd pawb yn yr eglwys yn edrych arni hi. Ro'n nhw mewn sioc. Sibrydodd pobl wrth ei gilydd. Pwy ydy'r ddynes ddel hon mewn sidan a pherlau? Ym mlaen yr eglwys, roedd Cledwyn yn **syllu** ar Lisa mewn **edmygedd**.

priodferch — *bride*	gwasgu — *to squeeze*
annibynnol — *independent*	ffydd — *faith*
syllu — *to gaze*	edmygedd — *admiration*

Gwelodd Fflur ef yn syllu. Aeth ei llygaid hi'n dywyll efo **dicter**.

Am eiliad, doedd Lisa ddim yn gwybod lle i fynd. Roedd yr eglwys yn llawn. Ond yna clywodd hi lais. Harri Bach oedd o, meddyg newydd y pentref. 'Mae lle i chi wrth fy ochr i,' gwenodd.

'Diolch,' meddai Lisa'n ddiolchgar ac eisteddodd hi.

Yn ystod y gwasanaeth, talodd Harri Bach lawer o sylw i Lisa. Ffeindiodd o **glustog** iddi hi. Rhannodd o ei lyfr emynau efo hi. Teimlodd Lisa ei chalon yn rasio. Roedd Harri Bach yn ddyn **parchus**. Roedd o bob amser yn gwneud beth oedd yn **iawn yng ngolwg y byd**. Ac roedd o'n garedig iddi hi rŵan.

Yn ystod yr emyn olaf, roedd o'n canu **mewn cytgord** â hi hyd yn oed. Gwelodd Lisa wyneb Annest. Roedd llygaid ei ffrind yn llawn cyffro. Roedd eu cynllun yn gweithio'n berffaith.

Ar ddiwedd y gwasanaeth, gadawodd Cledwyn yr eglwys efo'i wraig newydd. Dilynodd pawb arall. Cynigiodd Harri Bach ei fraich i Lisa. 'Mae llawer o bobl yma. Daliwch fy mraich i.'

Arweiniodd Harri Bach hi allan o'r eglwys. Sgwrsion nhw am y briodas, y blodau, y diwrnod hyfryd. Roedden nhw'n gwylio plant y pentref yn dawnsio i'r pâr priod. 'Beth am eistedd ar y **fainc** hon?' meddai Harri Bach efo gwên.

Roedd Lisa'n methu credu'r peth. Roedd Harri Bach yn dangos ei edmygedd tuag ati hi – o flaen yr holl bentref. Llenwodd ei llygaid â dagrau hapus wrth i'r plant orffen eu dawns. Curodd Lisa a Harri Bach eu dwylo. Troiodd Harri ati hi. 'Mi fydda i'n

dicter – *anger*	clustog – *cushion*
parchus – *respectable*	
iawn yng ngolwg y byd – *right in the eyes of the world*	
mewn cytgord – *in harmony*	mainc – *bench*

mynd am dro prynhawn yma.' Edrychodd Lisa arno fo mewn **rhyfeddod**. Oedd hyn yn bosibl? Oedd o'n mynd i ofyn iddi hi fynd efo fo? Cymerodd o ei llaw hi. 'Efallai basech chi'n hoffi dŵad...'

Ond yna clywon nhw rywun yn chwerthin. Cledwyn oedd o.

'Llongyfarchiadau,' meddai Harri Bach. 'Dw i'n gobeithio byddwch chi a'ch gwraig yn hapus iawn efo'ch gilydd.'

Nodiodd Cledwyn at eu dwylo. 'Fydd 'na briodas arall yn fuan? Doedd pethau ddim wedi gweithio allan i Lisa a fi. Ond efallai y bydd pethau'n well i'r ddau ohonoch chi.'

Crychodd o ei dalcen. 'Dw i ddim yn dallt...'

'Doeddech chi ddim yn gwybod? Roedd hyn cyn i chi ddŵad i'r pentre efallai. Ro'n i'n mynd i briodi Lisa. Ond ddigwyddodd hynny ddim yn y diwedd.'

Newidiodd wyneb Harri Bach. **Gollyngodd** o law Lisa. Roedd hi'n syllu arno mewn **siom**. Oedd o'n meddwl ei bod hi ddim yn ddigon da hefyd?

'Ond... ond...' dechreuodd hi.

Doedd o ddim yn gwrando. 'Esgusodwch fi, os gwelwch yn dda. Mae rhywbeth mae'n rhaid i mi ei wneud.' Troiodd ei gefn a cherdded i ffwrdd.

Gwyliodd Lisa Harri'n gadael. Roedd yn mynd â'i hapusrwydd efo fo. Edrychodd Cledwyn rownd. Roedd Fflur yn sefyll y tu ôl iddo. Roedd hi'n gwenu yn hapus. Ei diwrnod hi oedd hwn, nid diwrnod Lisa.

---

rhyfeddod – *wonder*	gollwng – *to let go of*
siom – *disappointment, dismay*	

8
Nid oes neb i Lisa fach yr Hendre

Cyfrodd Lisa'r wyau yn ei basged. Roedd hi'n nodio; roedd deuddeg. Rhoiodd hi wy arall i mewn am lwc. Daliodd rhywbeth ei llygad. Roedd dwy **ysgyfarnog** yn rhedeg ar ôl ei gilydd rownd y cae. Gwyliodd hi nhw am eiliad. Rŵan roedden nhw'n sefyll i fyny ac yn bocsio. Gwenodd Lisa. Roedd hi'n wanwyn. **Ym mhobman**, roedden nhw'n chwilio am bartner; yr ysgyfarnogod, yr adar, y pysgod. A hi i hun wrth gwrs. Teimlodd ei bochau hi'n cochi.

Paratoiodd hi'n ofalus. Golchodd Lisa ei dwylo a'i hwyneb. Gwisgodd hi golur fel roedd Annest wedi dangos iddi. Ychydig o bersawr y tu ôl i'w chlustiau. Yna ei gwisg sidan, yr esgidiau hardd a'r rhuban yn ei gwallt.

Bob wythnos, gwerthodd hi ddeuddeg wy i Rhys Carew. Fel arfer, roedden nhw'n siarad ychydig. Weithiau, roedden nhw'n chwerthin efo'i gilydd. Ond, yr wythnos **gynt**, roedd Rhys wedi cynnig paned o de iddi hi. A daeth gobaith i galon Lisa.

Gwaeddodd hi ar blentyn oedd yn pasio, 'Iwan bach, dyma geiniog. Caria'r fasged hon o wyau i mi.'

Edrychodd y bachgen ar ei gwisg a gwenu. 'Dach chi'n chwilio am ŵr, **feistres**?'

cyfri – *to count*	ysgyfarnog – *hare*
ym mhobman – *everywhere*	cynt – *previous*
meistres – *mistress*	

Fflachiodd llygaid Lisa. 'Bydd yn ofalus efo'r wyau.'

Cerddon nhw efo'i gilydd drwy'r pentref. Roedd pobl yn edrych arnyn nhw. Sylwodd pobl fod Lisa wedi gwisgo i fyny. Gwelon nhw ei bod yn mynd i dŷ Rhys Carew. Mae hon isio gŵr, roedden nhw'n meddwl. Ond tybed?

Meddyliodd Lisa am Rhys Carew. Roedd **dafaden** ar ei drwyn. Roedd ei sgwrs yn ddiflas iawn. Doedd o ddim yn hoffi dawnsio na chanu. Doedd gynno fo ddim geiriau pert i'w sibrwd yn ei chlust. Ond roedd o'n ddyn.

Pwyntiodd Iwan at gath ar y ffens yn sgrechian ar yr awyr. 'Mae hi'n galw am ŵr, feistres,' chwerthinodd o. 'Dylech chi a'r gath chwilio efo'ch gilydd.'

Wnaeth Lisa ddim ateb. Roedd hi'n meddwl am y dyfodol. Doedd Rhys Carew ddim yn ddyn perffaith ond doedd hi ddim yn ddynes berffaith. 'Mi allwn ni gael priodas dda a bod yn **ffyddlon** i'n gilydd,' meddyliodd hi. 'Mi alla i ddysgu ei garu fo. Mi alla i ei gusanu gyda'r nos – hyd yn oed efo dafaden ar ei drwyn. Mi alla i wneud cartre da i ni'n dau. Mi allwn ni gael plant efo'n gilydd.'

Roedd Iwan yn canu'n dawel wrth iddyn nhw gerdded.

'Faint o blant sy'n rhif da i deulu, Iwan bach?' gofynnodd Lisa.

'Chwech neu saith,' atebodd o. 'Pedwar bachgen i wneud y gwaith; tair merch i goginio a glanhau.'

Chwerthinodd Lisa ar hynny. Felly efallai y basai gynni hi a Rhys wyth neu naw o blant. Meddyliodd am y cariad fasai'n tyfu rhwng y ddau ohonyn nhw. Am noson eu priodas. Am eu dyfodol.

---

fflachio – *to flash*	dafaden – *wart*
ffyddlon – *faithful*	

Ro'n nhw'n dŵad at dŷ Rhys. Roedd Lisa'n llawn gobaith. Ond yna stopiodd hi.

'Pam mae *o* yma?' sibrydodd hi. Roedd Cledwyn wrth y drws. Roedd ei fraich o gwmpas ysgwydd Rhys. Edrychodd Cledwyn ar Lisa efo gwên greulon.

Setlodd cwmwl tywyll dros galon Lisa. Roedd o wedi bod yn siarad â Rhys. Yn siarad amdani hi. Chwerthinodd Cledwyn a cherdded i ffwrdd.

'Rhys, dw i wedi dŵad â'ch wyau chi,' meddai Lisa.

Doedd o ddim yn edrych arni hi. 'Diolch. Ond does dim angen mwy o wyau arna i. Rŵan, mae gen i waith i'w wneud.' Caeodd o'r drws.

'Mae'n ddrwg gen i, feistres,' meddai Iwan yn dawel ar ôl eiliad neu ddwy.

Ond doedd Lisa ddim yn gwrando. Roedd ei llygaid yn llawn dagrau. Unwaith eto, roedd gobaith wedi dŵad – ac yna wedi mynd.

Cerddodd Lisa adref ar ei phen ei hun. Hedfanodd dwy **frân** heibio. Roedd **brigau** gynnyn nhw i wneud **nyth** efo'i gilydd. Dechreuodd Lisa grio. Roedd gan bawb bartner i'w garu. Pawb ond am yr hen ferchetan.

---

brân – *crow*   brigyn (brigau) – *twig(s)*

nyth – *nest*

9

Hen ferchetan bron â thorri'i chalon

Roedd yn foment ofnadwy. Hyd yn oed yn waeth na'r diwrnod aeth Lisa i'r eglwys i briodi... y diwrnod doedd ei chariad ddim wedi **ymddangos**. Y diwrnod yna, dim ond Annest oedd yno i weld ei chywilydd. Ond rŵan roedd hi yng nghanol marchnad y pentref. Roedd pobl ym mhobman. Ac roedden nhw i gyd yn gwylio beth oedd yn digwydd.

Ar y dechrau, roedd popeth yn iawn. Roedd hi yn y farchnad i brynu ychydig o bethau. Roedd hi'n gwisgo ei gwisg sidan a'r esgidiau hardd. Roedd perlau o amgylch ei gwddf a rhuban yn ei gwallt. 'Rwyt ti'n berson arbennig iawn,' roedd Annest wedi dweud y noson gynt. 'Yn fuan, bydd 'na ddyn yn gweld hynny hefyd.'

Roedd hi angen corn i'w blannu yn y cae, felly aeth i stondin Goronwy. Edrychodd o ar ei gwisg a gwenu mewn edmygedd. Dechreuon nhw siarad. Am y tywydd. Am newyddion y pentref. Am fuwch odro newydd Goronwy. Dim byd arbennig. Ond sylwodd Lisa ei fod yn mwynhau eu sgwrs. Ac unwaith eto roedd gobaith yn ei chalon. Dyna pryd y digwyddodd.

Daeth grŵp o blant i'r stondin. Roedden nhw'n sefyll wrth ochr Lisa ac yn dechrau canu.

'Hen Ferchetan, yn chwilio am ŵr!

Hen Ferchetan, fel pysgodyn allan o ddŵr!'

---

ymddangos – *to appear*

Gwrandawodd Lisa mewn sioc. Roedden nhw'n canu'r gân iddi hi. Roedd y plant yn ei galw hi'n 'Hen Ferchetan'. Troiodd ei bochau hi'n wyn. Yna'n goch. Gwaeddodd hi arnyn nhw. Ond roedden nhw'n chwerthin ac yn curo dwylo ac yn canu'r gân eto. Roedd pawb yn y farchnad yn syllu. Roedd yn foment ofnadwy.

Ar draws y stryd, gwelodd hi Cledwyn a Fflur. Roedden nhw'n chwerthin ac yn curo dwylo hefyd. Edrychodd Lisa ar Goronwy ond roedd o wedi troi ei wyneb. Doedd o ddim isio i bobl feddwl mai fo oedd gŵr newydd Lisa. Doedd o ddim isio i blant y pentref ganu caneuon amdano fo yn y stryd. Llenwodd llygaid Lisa â dagrau. **Rhuthrodd** hi i ffwrdd yn ei gwisg sidan a'i hesgidiau hardd, efo'i pherlau a'i rhuban. Dim ond **arogl** persawr gwan oedd ar ôl yn yr awyr.

Y noson honno, daeth Annest i weld ei ffrind hi. Roedd Lisa'n eistedd wrth y bwrdd. Roedd ei hwyneb yn wyn ac roedd llwybrau o ddagrau sych ar ei bochau. Cofleidiodd Annest hi. 'Clywes i beth ddigwyddodd heddiw.'

'Dw i ddim yn mynd i wisgo'r wisg yna eto,' meddai Lisa'n dawel. 'Na'r esgidiau. Na'r perlau. Roedd plant y pentre yn chwerthin arna i. Am greulon!'

'Cledwyn!' meddai Annest. 'Rhoiodd o geiniogau i'r plant i ganu'r gân. Fflur, ei wraig, oedd wedi meddwl am y geiriau.'

Edrychodd Lisa ar ei ffrind mewn dryswch. 'Ond pam? Pam maen nhw isio **fy mrifo i**?'

'Mae Cledwyn yn flin efo ti,' meddai Annest.

'Ond nonsens ydy hynny. Cledwyn newidiodd ei feddwl am briodi, dim fi.'

---

rhuthro – *to rush*   arogl – *smell*

fy mrifo i – *to hurt me*

'Mewn gwirionedd, mae o'n ddig efo fo ei hun,' meddai Annest. Cydiodd hi yn llaw ei ffrind. 'Gweles i hynny ar ddiwrnod ei briodas efo Fflur. Pan ddest ti mewn i'r eglwys, roeddet ti'n edrych mor hardd. Roedd pawb yn ei weld. Rwyt ti'n ddynes garedig â chalon sy'n **gorlifo** efo cariad. Pan fyddi di'n priodi, bydd dy ŵr mor hapus. **Sylweddolodd** Cledwyn hynny yn yr eglwys. Pan edrychodd o arnat ti, roedd o'n gwybod ei fod wedi gwneud **camgymeriad** mawr. Gwelodd Fflur ei wyneb o. Roedd hi'n **genfigennus** iawn.'

'Ond dw i ddim yn dallt. Pam mae Cledwyn isio fy mrifo i rŵan?'

'Achos bob tro mae o'n edrych arnat ti, mae o'n cofio ei gamgymeriad. Mae o'n meddwl ei fod wedi priodi y person anghywir. Mae Cledwyn wedi mynd yn ddyn chwerw. Dydy o ddim yn medru bod yn ŵr i ti rŵan. Ond dydy o ddim isio i neb arall dy briodi di chwaith.'

Aeth pen Lisa i'w dwylo. Unwaith eto roedd ei bochau'n wlyb efo dagrau.

---

gorlifo – *to overflow*	sylweddoli – *to realise*
camgymeriad – *mistake*	cenfigennus – *jealous*

10

Mynd i'r llan mae pawb o'i hen gariadon

'Ond mae'n rhaid i ti ddŵad i'r eglwys, Lisa,' meddai Annest wrth ei ffrind.

Chwerthinodd Lisa yn oer. 'I wylio priodas Gwriad Davies? Y dyn ddywedodd fy mod i ddim yn ddigon da i fy wyneb!'

Cydiodd Annest yn ei llaw. 'Ydy, mae'n anodd. Ond mae pawb yn mynd i briodasau'r pentre. 'Dan ni i gyd yn dathlu efo'n gilydd. Mae'n bwysig. Pan mae pobl yn priodi, mae plant yn dilyn. A nhw ydy dyfodol ein **cymuned** fach ni.'

'Beth am fy nyfodol i?' meddyliodd Lisa. Ond roedd hi'n gwybod bod Annest yn iawn.

'Mi fydda i'n dŵad i'r eglwys,' meddai'n dawel. 'Ond fydda i ddim yn gwisgo fy ngwisg sidan.'

'Paid â dweud hynny. Rwyt ti'n edrych mor hardd ynddi hi.'

'Pan dw i'n gwisgo'r wisg, mae'r plant yn fy ngalw i'n "Hen Ferchetan" ac yn canu eu cân,' meddai Lisa'n chwerw. 'Mae pobl yn gwybod fy mod i'n trio ffeindio gŵr. Dw i'n edrych yn **druenus**. A dydw i ddim yn ddynes druenus.'

Y tu allan i'r eglwys, safodd Lisa ac Annest efo merched eraill y pentref. Taflon nhw betalau blodau ar y llwybr pan gyrhaeddodd y

---

cymuned – *community*   truenus – *pitiful*

33

briodferch. 'Diwrnod hapus,' roedden nhw'n galw. '**Llawenydd** i chi.'

'Mae llawer o briodasau yn ddiweddar,' meddai rhywun. 'Cadwyn ap Evan, Tomos Penderyn, rŵan Gwriad Davies.' **Ochneidiodd** Lisa. Y dynion roedd hi wedi gobeithio eu priodi ei hun.

Nodiodd Annest. 'Dyma'r adeg o'r flwyddyn ar gyfer priodasau. 'Dan ni'n **cynaeafu** yn yr hydref; 'dan ni'n **crynu** yn y gaeaf; 'dan ni'n plannu yn y gwanwyn. Ond rŵan mae'n haf. Ac yn yr haf 'dan ni'n mwynhau bywyd a pharatoi ar gyfer y dyfodol.'

Meddyliodd Lisa am ei dyfodol a daeth dagrau i'w llygaid.

Yn yr eglwys, aeth Annest i eistedd efo'i theulu. Ffeindiodd Lisa le yn y cefn efo'r merched sengl a'r **gweddwon**. Rhedodd dagrau tawel i lawr ei bochau. Ai dyma oedd ei dyfodol hi? I dyfu'n hen ac yn unig? I fod yn **destun gwawd** i blant y pentref?

Roedd hi'n ddiwedd y seremoni. Roedd pobl yn dilyn y briodferch a'r **priodfab** y tu allan i'r eglwys. Roedd bwyd ar faes y pentref. Roedd pobl yn sgwrsio ac yn chwerthin. Roedd hi'n haf, roedd y tywydd yn dda, roedd y cynhaeaf yn dŵad. Dyma adeg orau'r flwyddyn ac roedd pawb yn hapus. Pawb ond Lisa. Roedd ei chalon hi fel carreg. Yn hwyrach, basai cerddoriaeth a dawnsio. Ond fasai neb yn dawnsio efo hi. Doedd neb isio dawnsio efo'r Hen Ferchetan.

'Mae hwn yn ddiwrnod braf, feistres.'

Troiodd Lisa. Roedd y meddyg, Harri Bach, yn sefyll yno.

llawenydd – *happiness*	ochneidio – *to sigh*
cynaeafu – *to harvest*	crynu – *to shiver*
gweddw(on) – *widow(s)*	testun gwawd – *figure of ridicule*
priodfab – *bridegroom*	

Roedd hi'n synnu ei fod yn siarad â hi. 'Mae'n wir, syr. Diwrnod hapus i'r briodferch a'r priodfab.'

Gwylion nhw y pâr priod am eiliad neu ddwy. Roedd plant y pentref yn dawnsio o amgylch y cwpl hapus. Roedd pobl yn canu ac yn curo dwylo, 'Nid dau rŵan, ond un.' Curodd calon Lisa yn boenus. Fasai pobl yn canu hynny iddi hi a'i gŵr un dydd?

Gwenodd Harri Bach arni. 'Ga i ofyn ffafr i chi?'

Edrychodd Lisa arno, yn synnu. Beth oedd o isio ganddi hi? Aeth ei bochau'n goch. Oedd hi'n bosibl... oedd o'n meddwl am y syniad ohoni hi fel gwraig unwaith eto? Yn sydyn, roedd ei chalon yn rasio. 'Wrth gwrs. Sut fedra i eich helpu chi?'

'Mi fydda i'n priodi wythnos nesa. Elin Jones ydy fy mhriodferch. Does gynni hi ddim mam i sefyll efo hi yn y seremoni. Fasech chi'n cymryd lle honno?'

Roedd Lisa'n syllu arno, yn synnu. Felly dyna sut roedd o'n ei gweld hi. Nid fel gwraig bosibl ond fel hen **warchodwraig**. Golchodd ton o **anobaith** a chywilydd dros Lisa wrth iddi weld y dyfodol diflas yn ymestyn o'i blaen.

---

gwarchodwraig – *chaperone*   anobaith – *despair*

11

Bydd tatws newydd ar bren falau

Roedd pobl yn meddwl bod Lisa yn **wallgof**.

Dechreuodd un prynhawn pan gerddodd hi i mewn i'r dafarn. Aeth pawb yn dawel. Roedd pedwar dyn yn eistedd o amgylch bwrdd yn chwarae **dis**. Roedden nhw'n syllu ar Lisa mewn sioc. Doedd y dafarn ddim yn lle i ferched.

Dilynodd eu llygaid hi wrth iddi fynd i'r bar. 'Ga i gwrw, Ellis?'

Roedd ceg Ellis Jenkins ar agor. 'Beth?'

'Cwrw, Ellis, ac yn gyflym. Mae **fy ngwddf yn sych grimp** fel calon dyn.'

Arllwysodd Ellis gwrw iddi; doedd o ddim yn gwybod beth arall i'w wneud. Taflodd hi ddwy geiniog i lawr a chodi'r mŵg. 'Iechyd da, ffrindiau!' Diflannodd hanner y cwrw mewn un **llynciad**.

Am fwy nag awr, eisteddodd Lisa y tu allan i'r dafarn. Roedd hi'n **cellwair** gyda'r dynion oedd yn pasio. Roedd hi'n canu caneuon ar dop ei llais. Gwaeddodd hi ar Ellis Jenkins pan oedd hi isio mwy o gwrw. Yna safodd hi i fyny, **torri gwynt** yn uchel

gwallgof – *mad*	dis – *dice*
fy ngwddf yn sych grimp – *my throat is very dry*	
arllwys – *to pour*	llynciad – *gulp*
cellwair – *to joke*	torri gwynt – *to break wind*

a cherdded i ffwrdd. Roedd pawb yn y dafarn yn ei gwylio hi'n mynd.

'Ai breuddwyd ydy hon?' meddai Ellis mewn dryswch.

Yna'r diwrnod wedyn, daeth Lisa i mewn i'r pentref efo mochyn wrth ei hochr. Roedd yn fochyn mawr iawn. Stopiodd y mochyn i fwyta ychydig o sbwriel ar y ffordd. 'Dewch, Cledwyn,' gwaeddodd Lisa ar y mochyn. 'Ymlaen â ni, Cledwyn!'

Roedd plant yn chwarae yn y stryd. 'Pam dach chi'n galw eich mochyn yn Cledwyn, feistres?' gofynnodd un o'r plant.

Edrychodd Lisa ar glustiau blewog y mochyn ac ar ei fochau tew. 'Mae Cledwyn yn enw perffaith,' gwenodd hi.

Chwerthinodd y plant yn hapus. Dechreuon nhw ddawnsio o gwmpas y mochyn. 'Bore da, Cledwyn,' galwon nhw. 'Sut wyt ti heddiw, Cledwyn? Wyt ti isio moron, Cledwyn?'

Roedd Fflur yn sefyll y tu allan i'r **becws**. Rhedodd hi ar draws y ffordd. 'Stopiwch alw enw fy ngŵr ar y mochyn yma ar unwaith!'

Edrychodd Lisa ar y mochyn. 'Dach chi'n iawn. Dw i ddim isio sarhau y mochyn.'

Cochodd bochau Fflur mewn dicter. Dechreuodd hi weiddi ar Lisa a galw enwau arni hi. Ysgydwodd Lisa ei phen. 'Dach chi mor swnllyd â fy ngŵydd. Efallai bydda i'n ei galw hi'n Fflur.'

Tyfodd chwerthin y plant yn uwch.

Yr un stori oedd hi y Sul nesaf yn yr eglwys. 'Mae'n rhaid i chi garu eich cymdogion,' meddai'r offeiriad.

Neidiodd Lisa ar ei thraed. 'Dw i'n cytuno! Dw i'n chwilio am ddyn fydd yn fy ngharu i. Rhywun fydd yn canu i mi, yn dawnsio efo fi, yn cadw fy nhraed yn gynnes yn y gwely gyda'r

---

becws – *bakery*

nos.' Edrychodd Lisa o'i chwmpas. 'Pa un o fy nghymdogion sy isio gwneud y pethau yma?'

Dechreuodd pobl weiddi arni. 'Eisteddwch i lawr, y ffŵl!'

'Eglwys yw hon!'

'Dach chi'n wallgo?'

'Twrwlwrwlw!' canodd Lisa mewn ymateb ac yna dawnsio allan o'r eglwys. Roedd hi wedi stopio poeni beth oedd pobl yn feddwl ohoni hi. Ac roedd yn **deimlad** da.

Ond roedd Annest yn poeni amdani o hyd. Ar ôl dŵad o'r eglwys, brysiodd hi i weld ei ffrind. Ffeindiodd Lisa y tu allan i'r bwthyn yn hongian tatws newydd o'r goeden afalau. Syllodd Annest ar y tatws mewn dryswch. 'Beth... beth wyt ti'n wneud?'

Chwerthinodd Lisa ddim. 'Mae'n rhaid i mi storio'r tatws yn rhywle,' meddai.

Edrychodd Annest o'i chwmpas. Yn y cae, roedd un o'r defaid yn gwisgo gwisg sidan werdd Lisa. Roedd ei hesgidiau hardd yn hongian o **gyrn** y fuwch odro fel clustdlysau. Roedd ei pherlau hyfryd o gwmpas gwddf y gath. Llenwodd dagrau lygaid Annest. 'Beth sy'n digwydd, Lisa? Beth fydd pobl yn ddweud pan fyddan nhw'n gweld hyn?'

Roedd llygaid Lisa **ar dân**. 'Dw i wedi cael llond bol ar bobl. Croeso iddyn nhw ddweud beth maen nhw isio. Fy mywyd i ydy o. A dw i'n mynd i'w fyw fel dw i'n dewis.' Chwerthinodd hi eto a rhoi **llinyn** i Annest. 'Rŵan helpa fi efo'r tatws hyn.'

teimlad – *feeling*	corn (cyrn) – *horn(s)*
ar dân – *on fire*	llinyn – *string*

12

Cyn briodith
Lisa fach yr Hendre

Doedd Annest ddim yn gwybod beth i'w feddwl. Edrychodd hi ar ei ffrind **yn bryderus**. 'Dw i ddim yn dallt, Lisa. Pam wyt ti'n **ymddwyn** mor od?'

'Dw i'n cael ychydig o hwyl efo fy mywyd. Ydy hynny mor od?'

'Ond mae pawb yn siarad amdanat ti.'

Ysgydwodd Lisa ei phen. 'Mae cymaint o glecs yn y pentref hwn.' Roedd ei llygaid yn **goleuo** yn sydyn. 'Wyt ti'n ffansïo mynd am bicnic i fyny ar ben y bryniau?'

'Rŵan? Does gen ti ddim gwaith i'w wneud?'

'Dim ond **chwynnu**'r moron. Ond mae'r chwyn yn gallu aros am ddiwrnod arall.' Cymerodd hi law Annest. 'Beth amdani?' Gwenodd Annest a chytuno. Roedd Lisa yn hoffi'r syniad yn fawr.

Daeth grŵp bach o blant. Roedden nhw'n holi Lisa, 'Feistres, gawn ni fynd â Cledwyn y mochyn am dro?'

'Wrth gwrs, ffrindiau bach. A gewch chi afal o'r goeden datws hefyd.'

Roedd y plant yn chwerthin ac yn dawnsio o gwmpas. 'Diolch, Hen Ferchetan!'

yn bryderus – *concerned*	ymddwyn – *to behave*
goleuo – *to light up*	chwynnu – *to weed*

Gwaeddodd Annest mewn sioc, 'Pam mae'r plant yn defnyddio'r enw yna?'

'Dyna mae pawb yn fy ngalw i rŵan.'

'Ond dwyt ti ddim yn hen. A byddi di'n priodi **cyn bo hir**.'

Chwerthinodd Lisa. Cymerodd hi fraich Annest. 'Efallai. Ond anghofia hynny. Dere i fwynhau'r picnic.'

Dechreuodd y ddwy ffrind gerdded ac roedd Annest yn hapusach. Roedd Lisa mewn hwyliau da.

I fyny ar y bryniau, daethon nhw at gae wrth ymyl **llyn** bach. 'Mae'r byd yn lle mor brydferth,' ochneidiodd Lisa. Cymerodd hi law Annest. 'Dawnsia efo fi!' Ac roedden nhw'n chwerthin ac yn dawnsio o amgylch y ddôl efo'r **pilipalod** a'r **pryfed** a'r adar.

Edrychodd Lisa ar y llyn. Roedd golwg hapus arni. 'Dw i'n mynd i nofio.' Wrth i Annest wylio mewn sioc, tynnodd Lisa ei dillad a rasio i'r dŵr. 'Mae'n oer!' sgrechiodd hi. 'Mae'n rhaid i ti ddŵad i mewn, Annest, mae'n wych!'

'Alla i ddim,' meddai Annest. Roedd ei llais yn swnio ychydig yn drist. 'Dw i'n ddynes briod. Beth fydd pobl yn feddwl?'

'Beth yw'r ots beth mae pobl yn feddwl?' gwaeddodd Lisa. Ciciodd hi a sblasio ac, am eiliad, gwelodd **enfys** fach yn yr awyr.

Yn ddiweddarach, gorweddodd hi yn yr haul i sychu ei hun. 'Rwyt ti mor hardd, Lisa. Ac rwyt ti'n gwmni da!' meddai Annest yn dawel. 'Taswn i'n ddyn ifanc – baswn i'n dy briodi di.'

Syllodd Lisa arni am eiliad hir. 'Taset ti'n ddyn ifanc, faset ti'n fy nghusanu i?'

cyn bo hir – *before long*	llyn – *lake*
pilipala (pilipalod) – *butterfly (butterflies)*	
pryfed – *insects*	enfys – *rainbow*

Cochodd bochau Annest… Troiodd hi ac estyn am y fasged. 'Mae'n amser bwyd.' Rhannon nhw'r bara a'r caws yn hapus.

Eisteddon nhw'n dawel efo'i gilydd. 'Dw i'n poeni amdanat ti, Lisa,' meddai Annest. 'Rwyt ti'n ymddwyn mor rhyfedd. Sut wyt ti'n mynd i ffeindio gŵr yn y pentre?'

Gwenodd Lisa yn drist. 'Dydw i ddim. Dw i'n gweld hynny rŵan.'

'Paid â dweud hynny,' gwaeddodd Annest.

'Mae'n wir. Ond paid â phoeni, fy ffrind. Ro'n i'n anhapus am sbel. Yna'n flin. Ond rŵan dw i'n **benderfynol**. Mae dynion y pentre isio priodi breuddwyd yn eu pennau. Dynes **iawn** sy'n gwisgo'n iawn ac yn siarad yn iawn ac yn ymddwyn yn iawn. Wel, dw i ddim yn medru bod fel honno. Dw i ddim yn medru bod yn freuddwyd i rywun arall. Dw i'n fi fy hun – dim mwy, dim llai.'

Edrychodd Annest arni. 'Ond dwyt ti ddim yn medru **rhoi'r ffidil yn y to**. Rwyt ti'n rhy ifanc.'

'Pwy sy'n rhoi'r ffidil yn y to?' atebodd Lisa. 'Fydda i ddim yn ffeindio dyn yn y pentre i briodi. Felly…'

'Felly?'

Neidiodd Lisa ar ei thraed. 'Felly dw i'n mynd i fwynhau fy hun yn lle hynny!'

---

penderfynol – *determined*   iawn – *proper*

rhoi'r ffidil yn y to – *to give up (literally: to put the violin in the attic)*

13

Hen ferchetan aeth i Ffair y Bala

Roedd wyneb yr offeiriad yn goch. 'Peidiwch â mynd i Ffair y Bala!' gwaeddodd. 'Ddynion – byddwch chi'n yfed cwrw ac yn colli arian. Ferched – byddwch chi'n **cyffroi'n lân** a bydd pethau ofnadwy yn digwydd. Yn Ffair y Bala, mae temtasiwn ym mhobman. Mi fydd y demtasiwn yn ormod i chi.'

'Dw i ddim isio poeni am demtasiwn,' meddyliodd Lisa wrthi'i hun. 'Dw i isio mwynhau fy mywyd.'

'Does dim angen i chi adael y pentre,' meddai'r offeiriad. 'Mae digon o gyffro yma i bawb.'

Edrychodd y bobl yn yr eglwys ar ei gilydd. Chwerthinodd Lisa. Os oedd llawer o gyffro ym mywyd y pentref, roedd yn **gyfrinach** fawr.

Bob blwyddyn, roedd y ffair yn dŵad i'r Bala am dri diwrnod. Roedd y Bala filltiroedd i ffwrdd. Roedd yn cymryd drwy'r dydd i gerdded yno. Ond doedd Lisa ddim yn mynd i golli'r cyfle.

'Dwyt ti ddim yn medru mynd i'r ffair, Lisa,' meddai Annest mewn sioc wrth iddyn nhw adael yr eglwys. 'Mi wnest ti glywed yr offeiriad. Dwyt ti ddim yn gwybod beth fydd yn digwydd i ti yno!'

Gwenodd Lisa. 'Dyna sy'n gyffrous.'

Felly yn gynnar y bore wedyn, dechreuodd Lisa ar ei ffordd. Triodd Annest ei stopio hi.

---

cyffroi'n lân – *to get very excited*   cyfrinach – *secret*

'Byddi di'n colli dy arian i gyd.'

'Ond meddylia am y **profiadau** gwych bydd yr arian yn eu prynu.'

Llenwodd llygaid Annest â dagrau. 'Ond beth am dy **enw da**? Rwyt ti'n ddynes. Os wyt ti'n mynd i Ffair y Bala ar ben dy hun, fydd dim un dyn o'r pentre isio dy briodi di.'

Chwerthinodd Lisa. '**Wfft** i ddynion y pentre! Dw i wedi rhoi'r gorau iddyn nhw.' Cofleidiodd hi Annest a chusanu ei boch. 'Paid â phoeni, fy ffrind. Mae hon yn antur fawr. A dw i angen antur yn fy mywyd.'

Dechreuodd Lisa ar ei thaith. Roedd yr awyr yn olau. Wrth iddi gerdded, roedd hi'n canu iddi hi ei hun. Doedd gynni hi ddim syniad beth i'w ddisgwyl. Ond roedd hi'n teimlo'n hapus ac yn gyffrous.

Roedd hi wedi byw yn yr Hendre erioed. Roedd yn lle tawel ac roedd hi'n hapus efo hynny ar un adeg. Ond rŵan roedd hi isio mwy o'i bywyd.

Aeth yr oriau heibio ac ymunodd pobl eraill â Lisa ar y ffordd. Roedden nhw i gyd yn mynd i'r Bala. Roedd pawb yn sgwrsio ac yn chwerthin efo'i gilydd ac yn dweud straeon am yr hwyl oedd yn aros amdanyn nhw yn y ffair.

Roedd y ffordd yn mynd dros fryn bach. Stopiodd Lisa mewn sioc ar ben y bryn. Roedd tref y Bala yn glir o'i blaen. Roedd yn edrych mor fawr. Faint o bobl oedd yn byw mewn lle fel hwn? Cannoedd, efallai. Miloedd! Oedd hynny'n bosibl? Ac yno mewn cae mawr roedd y ffair. Roedd Lisa'n teimlo ei chalon yn rasio. Y lliwiau… y synau… yr arogleuon! Dechreuodd pawb frysio i lawr y bryn.

profiad(au) – *experience(s)*	enw da – *good name*
wfft – *an expression of disgust or contempt*	

Ysgubwyd hi ymlaen gan y **dorf**. Doedd Lisa ddim yn gwybod lle roedd hi'n mynd.

'Ddynes – ddynes ifanc!' Troiodd Lisa. Roedd dyn yn coginio rhywbeth ar dân bach. Roedd gynno fo lygaid tywyll a gwallt du hir. Roedd modrwy arian yn ei glust a sgarff goch o amgylch ei ben. Syllodd Lisa arno. Roedd ei wyneb yn hardd iawn. 'Beth am drio un o fy nghacennau i? Dim ond ceiniog i chi.'

Triodd Lisa y gacen. Tyfodd ei llygaid yn **enfawr**. Roedd hi mor flasus. Chwerthinodd Lisa'n uchel a chwerthinodd y dyn hefyd. 'Croeso i Ffair y Bala, **dywysoges**. Gobeithio bydd eich holl freuddwydion yn dŵad yn wir!'

ysgubo – *to sweep*	torf – *crowd*
enfawr – *huge*	tywysoges – *princess*

14

Gweld Siôn Prys yn fachgen digon smala

Crwydrodd Lisa o gwmpas y ffair. Roedd hi'n brysur iawn yno. Doedd hi ddim yn gwybod lle i edrych.

'Allan o'r ffordd! Allan o'r ffordd!' Rhedodd dyn heibio efo ceffyl gwyllt. 'Edrychwch ar y ceffyl hardd hwn. Pwy fydd y prynwr lwcus?'

Yn sydyn gwaeddodd Lisa. Roedd **cawr** o'i blaen! Roedd hi'n edrych fel person cyffredin ond roedd ei choesau hi mor hir. Chwerthinodd y ddynes i lawr ar Lisa a chwythu cusan iddi.

Rŵan roedd merch ifanc yn taflu peli yn yr awyr. Pedwar ohonyn nhw... pump... chwech! Roedden nhw'n hedfan o gwmpas yn gyflym. Doedd o ddim yn bosib.

Yna sgrechiodd rhywun. **Ebychodd** Lisa. Roedd dyn wedi taflu ei ben yn ôl; roedd tân yn dŵad o'i geg. Oedd o'n fab i ddraig?

Roedd llawer o bethau diddorol i'w gweld. Oedd Lisa'n breuddwydio? Roedd yn teimlo fel breuddwyd wrth iddi grwydro heibio'r stondinau a thrwy'r pebyll. **Roedd ei phen hi'n troi**. Doedd hi ddim yn gwybod beth i'w ddisgwyl yn Ffair y Bala. Ond roedd hyn y tu hwnt i'w **dychymyg** hi.

---

cawr – *giant*	ebychu – *to gasp*
roedd ei phen hi'n troi – *her head was spinning*	
dychymyg – *imagination*	

Roedd ei chalon yn curo'n gyflym iawn. Ond pam? Mewn cyffro? Ofn?

Daeth hi at ymyl darn mawr o **laswellt**. Eisteddodd hi ar **gasgen** wag i gasglu ei meddyliau. Ond yna dechreuodd pobl guro dwylo. Roedd yna anifeiliaid rhyfedd yn cerdded trwy'r ffair. Roedd buwch frown efo gwallt hir a chyrn brawychus. Aderyn du a gwyn mor dal â phlentyn ond ei adenydd yn rhy fach i hedfan.

Yna roedd pawb yn gweiddi. Agorodd ceg Lisa yn fawr. Roedd yna anifail llwyd mor fawr â thŷ. Roedd ei drwyn yn hongian i lawr i'r ddaear. 'Eliffant,' meddai rhywun. 'Dw i wedi clywed amdanyn nhw. Maen nhw'n dŵad o ochr arall y byd ac maen nhw'n byw i fod yn fil o flynyddoedd oed.' Mae'n rhaid ei fod yn wir, meddyliodd Lisa. Roedd gan yr anifail grychau fel y rhai ar y coed hynaf yn y goedwig.

Dechreuodd Lisa chwerthin. Roedd Ffair y Bala yn wallgof. Ond roedd yn rhyfeddol hefyd. Am sbel, roedd hi wedi teimlo ychydig yn ofnus. Roedd 'na gymaint o bethau newydd. Ond doedd pethau newydd ddim yn frawychus; doedden nhw ond yn wahanol. Ac roedd hi wedi dŵad i Ffair y Bala i drio pethau gwahanol. Neidiodd hi ar ei thraed eto. Roedd hi'n mynd i chwilio am fwy o antur.

Gwyliodd Lisa grŵp o acrobatiaid yn perfformio, yn gweiddi ar ei gilydd mewn iaith doedd hi ddim yn ei deall. Roedd pabell o ddrychau rhyfedd oedd yn newid eich siâp. Bwytodd Lisa gwmwl pinc. Roedd mor od. Roedd yn debyg i fwyd ond roedd yn **toddi** yn eich ceg fel mêl.

Yna daeth hi at grŵp o gerddorion. Wrth glywed y

---

glaswellt – *grass*	casgen – *barrel*
toddi – *to melt*	

gerddoriaeth, dechreuodd ei chorff hi symud. Roedd pobl yn dawnsio ym mhobman. Roedd yn edrych yn gymaint o hwyl. 'Ymunwch â ni!' gwaeddodd un. Mewn eiliadau, roedd Lisa'n rhan o'r ddawns.

Dechreuodd hi chwerthin. Aeth y ddawns yn gyflymach. Symudodd hi o bartner i bartner. Roedden nhw i gyd yn dawnsio efo'i gilydd; dynion, merched, plant, cŵn.

'Chi eto!' daeth llais. Y dyn efo'r cacennau blasus. Roedd ei freichiau o'i chwmpas. Roedden nhw'n dawnsio efo'i gilydd. Roedden nhw'n chwerthin.

'Beth ydy eich enw chi?' gofynnodd Lisa.

'Siôn Prys. Beth ydy eich enw chi?'

'Lisa dw i. O'r Hendre.'

Yn sydyn, roedd o'n ei chusanu hi. 'Mae'n ddrwg gen i, Lisa o'r Hendre. Ond dach chi mor hardd... ac yn gymaint o hwyl. Mae'r demtasiwn yn ormod i mi!'

Wedyn dawnsiodd o i ffwrdd, a gadael ei chwerthin yn **atseinio** yn yr awyr.

---

atseinio – *to echo*

15

Gair a ddywedodd wrth fynd adre

Daeth y ddawns i ben. Safodd Lisa efo'i llygaid ar gau. Roedd hi'n dal yn medru teimlo cusan Siôn ar ei gwefusau. Roedd y gusan mor **dyner** ac yn llawn llawenydd.

Chwerthinodd hi. Cofiodd hi eiriau yr offeiriad. 'Mae pob math o bethau yn digwydd i bobl yn Ffair y Bala.' Roedd yn wir. Roedd rhywbeth rhyfeddol newydd ddigwydd iddi hi.

'Dyma ti!' meddai Siôn, yn ymddangos allan o'r dorf. 'Ro'n i'n meddwl fy mod i wedi dy golli di.' Cymerodd o ei llaw. Roedd ei chalon yn rasio yn gyflym. 'Helô eto, Lisa o'r Hendre.'

Oedd yna chwerthin bob amser yn ei lais, tybed? 'Helô eto, Siôn Prys.'

Roedd 'na eiliad o dawelwch. Doedd Lisa ond yn medru meddwl am ei llaw hi yn ei law o. Syllodd arni hi. 'Dw i'n edrych ar y ddynes hardda yn y byd, dynes lawn hwyl,' sibrydodd o. Yna chwerthinodd o. 'Tyrd ymlaen. Dw i wedi gwerthu'r cacennau i gyd am heddiw. Tyrd i fwynhau'r ffair efo'n gilydd!'

Roedd yn ddiwrnod gwych. Roedd Siôn Prys isio dangos popeth iddi hi. Ac roedd cymaint i'w weld. Roedd gan Lisa ychydig o arian. Ond caeodd Siôn ei llaw hi o amgylch y ceiniogau. 'Fi sy'n talu.' Prynodd o darten iddi wedi'i gwneud o ffrwythau rhyfedd; roedd yn flasus iawn. Roedden nhw'n rhannu mŵg o lefrith sbeislyd ac roedd pen Lisa'n nofio.

tyner – *gentle*

Roedden nhw'n edrych ar stondinau yn llawn dillad hardd. Prynodd Siôn Prys ruban i Lisa o'r holl liwiau o dan yr haul. Taflon nhw gerrig at dargedau ac enillodd Siôn fodrwy fach bren. Roedden nhw'n canu caneuon efo côr o **deithwyr** ac yn dawnsio ar y glaswellt efo traed **noeth**. Yna, gan deimlo'n rhy boeth, roedden nhw'n eistedd wrth goeden ac yfed gwin melys o botel.

Dywedodd Lisa wrth Siôn Prys am ei bywyd. Am ei bwthyn. Ei chae hi. Ei buwch. Ei mochyn. A'i ffrind annwyl, Annest. Roedd hi'n onest efo fo. 'Ro'n i'n mynd i briodi dyn o'r enw Cledwyn. Ond aeth i'r bryniau i ddal cwningod efo'i gi yn lle hynny. Erbyn hyn mae dynion ifanc y pentre wedi troi eu cefnau arna i. Felly dw i'n mynd i fwynhau fy mywyd mewn ffyrdd eraill.'

Edrychodd Siôn arni am eiliad hir. 'Mae bywyd yma i ni ei fwynhau, dw i'n meddwl. Dylen ni drio bod yn hapus.'

Nodiodd Lisa. 'Dw i'n cytuno.' Daeth dagrau i'w llygaid. 'Ond dydy hi ddim bob amser yn bosibl.'

Dywedodd Siôn wrthi am ei fywyd o. Roedd wrth ei fodd yn pobi. Ei freuddwyd oedd setlo i lawr un diwrnod efo'i fecws ei hun. **Yn y cyfamser**, roedd yn teithio o amgylch y wlad yn gwerthu cacennau ac yn **cynilo** ei arian.

'Dw i'n gobeithio bydd dy freuddwyd yn dŵad yn wir,' gwenodd Lisa.

'Dw i'n gobeithio bydd dy freuddwyd di'n dŵad yn wir hefyd.'

Roedd Lisa yn edrych yn drist. 'Dw i ddim yn meddwl bod gen i freuddwyd.'

teithiwr (teithwyr) – *traveller(s)*	noeth – *bare*
yn y cyfamser – *in the meantime*	cynilo – *to save*

Rhoiodd Siôn ei ddwylo am ei bochau. Edrychodd o i mewn i'w llygaid a'i chusanu am yr ail dro. Dyma y peth mwyaf melys yn y byd. A dechreuodd breuddwyd dyfu yng nghalon Lisa.

Safodd Siôn ar ei draed. 'Dw i'n mynd rŵan, Lisa o'r Hendre. Mae'n rhaid i mi fod ym Methel erbyn y bore.' Rhoiodd o rywbeth wedi'i **lapio** mewn hances sidan yn ei dwylo. 'A wnei di ofalu am hwn nes i ni gwrdd eto?'

Agorodd llygaid Lisa yn fawr. ''Dan ni'n mynd i gwrdd eto?'

Nodiodd o. 'Ydyn. Chwilia amdana i yn y gwanwyn. Mi fydda i'n dŵad o'r dwyrain.' Yna, efo un gusan olaf, roedd o wedi mynd.

lapio – *to wrap*

16

Gododd galon
Lisa fach yr Hendre

Roedd hi'n rhy hwyr i Lisa gerdded adre i'r Hendre. Felly mi wnaeth hi wely iddi ei hun yn y dail o dan y goeden. Ond roedd hi'n amser hir cyn iddi fynd i gysgu. Aeth digwyddiadau'r dydd trwy ei phen. Roedd ei chalon yn llawn o Siôn Prys. Bob tro roedd hi'n cau ei llygaid, roedd hi'n gweld ei wyneb a'i wên. Roedd hi'n meddwl amdanyn nhw'n siarad efo'i gilydd, yn chwerthin efo'i gilydd, yn dawnsio efo'i gilydd. A meddyliodd hi am y dyfodol. Fasai hi'n gweld Siôn eto? Doedd hi ddim yn siŵr. Ond beth bynnag fasai'n digwydd, basai ei chalon yn hapus. Achos am un diwrnod, roedd hi wedi cael antur fawr ac roedd dyn da yn garedig iddi.

Yn sydyn, yng nghanol y nos, deffrodd hi. Eisteddodd hi i fyny. Roedd hi wedi cofio'r parsel wedi'i lapio mewn hances. Cymerodd y parsel o'i phoced. Agorodd yr hances sidan. Roedd cwmwl o betalau blodau pinc y tu mewn. Roedden nhw'n arogli mor hyfryd. Yna ebychodd hi. Yng nghanol y petalau roedd y fodrwy bren roedd Siôn wedi'i hennill yn y ffair. Daliodd Lisa y fodrwy yn ei llaw. Roedd ei llygaid yn llenwi efo dagrau. Rhoiodd hi'r fodrwy ar ei bys. Roedd hi'n mynd i weld Siôn Prys eto. Roedd hi'n gwybod hynny rŵan.

Cyrhaeddodd Lisa yn ôl yn yr Hendre'r diwrnod wedyn. Roedd Annest yn hapus iawn i'w gweld hi. Roedd hi isio gwybod popeth am yr antur yn Ffair y Bala. Ond doedd gan Lisa **fawr ddim** i'w ddweud wrth ei ffrind. 'Roedd yn gyffrous. Antur.'

'Ond beth welest ti? Beth wnest ti?'

Wenodd Lisa ddim. 'Gwnes i bob math o bethau. Ond rŵan dw i'n hapus i fod adre.'

Setlodd Lisa yn ôl i fywyd y pentref. Roedd pobl yr Hendre yn synnu. Ac efallai ychydig yn siomedig. Roedd bywyd gwallgof Lisa ar ben. Doedd hi ddim yn hongian tatws o'r goeden afalau. Doedd hi ddim yn cerdded drwy'r pentref efo Cledwyn y mochyn. Doedd hi ddim yn mynd i'r dafarn na gweiddi ar yr offeiriad yn yr eglwys. Roedd hi'n byw'n dawel ac yn gwneud ei gwaith. Aeth wythnosau heibio. Aeth misoedd heibio. Roedd Lisa'n byw heb sgandal ac, yn araf, collodd pobl ddiddordeb ynddi. Ac os gwelon nhw'r fodrwy bren ar ei bys hi, doedden nhw ddim yn dweud dim byd.

I Lisa, roedd yn gyfnod o aros. Roedd hi wedi bod yn byw trwy aeaf tywyll oer. Ond roedd **hedyn** o obaith wedi ei blannu yn ei chalon. Efallai, un diwrnod, basai'r gwanwyn yn dŵad. Efallai, un diwrnod, basai'r hedyn yn dechrau tyfu. Felly efo'r fodrwy ar ei bys, arhosodd Lisa. Roedd hi'n gweithio'n galed. A **phob hyn a hyn** roedd hi'n codi ei phen ac edrych i'r dwyrain.

★

Am fore! Roedd Lisa'n methu cysgu ac felly cododd yn gynnar. Roedd hi wedi godro'r fuwch, roedd hi wedi bwydo'r mochyn, roedd hi wedi casglu wyau'r ieir. Rŵan roedd hi yn y cae yn plannu moron. Roedd gwawr yn goleuo'r awyr. Roedd y lliwiau

---

fawr ddim – *hardly anything*   hedyn – *seed*

pob hyn a hyn – *every now and then*

mor hardd, yn newid o eiliad i eiliad. Roedd hi'n syllu ar yr haul yn codi dros y bryniau pell. Roedd mor **ddisglair** nes ei fod bron â'i **dallu**.

Ond yna crychodd hi ei thalcen. Oedd yna siâp yn y golau? Roedd o'n symud, yn tyfu'n fwy. Siâp person yn cerdded ar hyd y cae. Dyn. Ond doedd o ddim yn cerdded, roedd o'n rhedeg. Clywodd hi ei lais, 'Lisa, fy Lisa.' Ac roedd hi'n rhedeg hefyd. Rŵan roedden nhw efo'i gilydd. Roedd ei freichiau o'i chwmpas hi. Roedd o'n ei chusanu hi. 'Fy nghariad,' meddai. 'Fy nghariad annwyl.' Ac roedd llawenydd yn gorlifo o **enaid** Lisa'r Hendre.

---

disglair – *bright*   dallu – *to blind*

enaid – *soul*

Geirfa

aeron – *berries*
annibynnol – *independent*
anobaith – *despair*
ar dân – *on fire*
ar ras – *at a pace*
arfer – *custom*
arllwys – *to pour*
arogl – *smell*
atseinio – *to echo*

bachyn – *hook*
becws – *bakery*
blewyn (blew) – *hair(s)*
blinedig – *tired*
brân – *crow*
brawychus – *scary*
breuddwydio – *to dream*
brigyn (brigau) – *twig(s)*
budr – *filthy*
buddsoddi – *to invest*

camgymeriad – *mistake*
cannwyll (canhwyllau) – *candle(s)*
carreg – *stone*
casgen – *barrel*
cawr – *giant*
cellwair – *to joke*
cenfigennus – *jealous*
clocsiau – *clogs*
clustog – *cushion*
cnau – *nuts*
cofleidio – *to embrace*
colur – *make-up*
corn (cyrn) – *horn(s)*
coron – *crown*

cors – *bog*
crwydro – *to roam*
crych(au) – *wrinkle(s)*
crychodd o ei dalcen – *he frowned*
crydd – *shoemaker*
crynu – *to shiver*
curo – *to knock*
cyfri – *to count*
cyfrinach – *secret*
cyffroi'n lân – *to get very excited*
cymuned – *community*
cyn bo hir – *before long*
cynaeafu – *to harvest*
cynilo – *to save*
cynllunio – *to plan*
cynt – *previous*
cywilydd – *shame*

chwerw – *bitter*
chwibanu – *to whistle*
chwyn – *weeds*
chwynnu – *to weed*

dadlau – *to argue*
dafaden – *wart*
dallu – *to blind*
deilen (dail) – *leaf (leaves)*
dianc – *to escape*
dicter – *anger*
difrifol – *serious*
digalon – *downhearted*
dis – *dice*
disglair – *bright*
drych – *mirror*
dryswch – *confusion, puzzlement*

dychmygu – *to imagine*
dychymyg – *imagination*

ebychu – *to gasp*
edmygedd – *admiration*
edmygu – *to admire*
enaid – *soul*
enfawr – *huge*
enfys – *rainbow*
enw da – *good name*
estyn – *to extend*

fawr ddim – *hardly anything*
fêl – *veil*
fy nghroth – *my womb*
fy ngwddf yn sych grimp – *my throat is very dry*
fy mrifo i – *to hurt me*

fflachio – *to flash*
ffydd – *faith*
ffyddlon – *faithful*

galar – *grief*
glaswellt – *grass*
godro – *to milk*
goleuo – *to light up*
golygus – *handsome, good-looking*
gollwng – *to let go of*
gorlifo – *to overflow*
gwallgof – *mad*
gwarchodwraig – *chaperone*
gwasgu – *to squeeze*
gweddw(on) – *widow(s)*
gwefus(au) – *lip(s)*
gwenyn – *bees*
gwlân – *wool*
gwthio – *to push*
gwyllt – *wild*

hapusrwydd – *happiness*
hardd – *beautiful*
hedyn – *seed*
hyll – *ugly*

iawn – *proper*
iawn yng ngolwg y byd – *right in the eyes of the world*

lapio – *to wrap*

llachar – *bright*
llawenydd – *happiness*
llinyn – *string*
llyfu – *to lick*
llyn – *lake*
llynciad – *gulp*

madarch – *mushrooms*
mae'n bryd – *it's time*
mainc – *bench*
meistres – *mistress*
mewn cytgord – *in harmony*

nant – *stream*
noeth – *bare*
nyth – *nest*

ochneidio – *to sigh*
offeiriad – *priest*

parchus – *respectable*
parhau – *to continue*
penderfynol – *determined*
perl(au) – *pearl(s)*
persawr – *perfume*
pilipala (pilipalod) – *butterfly (butterflies)*
plannu – *to plant*

pob hyn a hyn — *every now and then*
porffor — *purple*
pridd — *soil*
priodfab — *bridegroom*
priodferch — *bride*
profiad(au) — *experience(s)*
pryfed — *insects*
pwerus — *powerful*

roedd ei phen hi'n troi — *her head was spinning*
rwyt ti'n gariad i gyd — *you're all heart (literally: you're all love)*

rhinwedd(au) — *virtue(s)*
rhoi'r ffidil yn y to — *to give up (literally: to put the violin in the attic)*
rhuban — *ribbon*
rhuthro — *to rush*
rhwyd — *net*
rhyfeddod — *wonder*

sarhau — *to insult*
sgrechian — *to scream*
sibrwd — *to whisper*
sidan — *silk*
siom — *disappointment, dismay*
sylweddoli — *to realise*
syllu — *to gaze*
synhwyrol — *sensible*

tarw — *bull*
teg — *fair*
teimlad — *feeling*
teithiwr (teithwyr) — *traveller(s)*
testun gwawd — *figure of ridicule*
toddi — *to melt*
torf — *crowd*
torri gwynt — *to break wind*
truenus — *pitiful*
tyner — *gentle*
tywyllwch — *darkness*
tywysoges — *princess*

wfft — *an expression of disgust or contempt*

ym mhobman — *everywhere*
ymddangos — *to appear*
ymddwyn — *to behave*
yn bryderus — *concerned*
yn gwneud i galon Lisa ganu — *to make Lisa's heart sing*
yn y cyfamser — *in the meantime*
ysgubo — *to sweep*
ysgwyd — *to shake*
ysgyfarnog — *hare*

Llyfrau lefel Canolradd eraill yn y gyfres amdani:

£7.99

£6.99

£6.99

Cyfres Ar Ben Ffordd:

£4.95

AR GARLAM

Gol. Meleri Wyn James

Deunydd darllen difyr i
ddysgwyr lefel Canolradd

CYFRES
AR BEN
FFORDD

y Lolfa

£4.95

Llyfrau lefel Uwch yn y gyfres amdani:

Tad sengl. Ardal newydd. Hen gariad. Sawl cyfrinach.
Nofel ysgafn, ramantus am yr her o newid byd!

y olfa

Rob

MARED LEWIS

"Nofel gynnes, annwyl am ddechrau eto a cheisio
magu plant ar eich pen eich hun. Mi wnes i syrthio
mewn cariad gyda Moc!" BETHAN GWANAS

a amdani

£7.99

Cawl
A STRAEON ERAILL

Sarah Reynolds · Mared Lewis · Mihangel Morgan
Lleucu Roberts · Ifan Morgan Jones · Euron Griffith
Cefin Roberts · Dana Edwards

y Lolfa

£5.99

Holwch am bris argraffu!
www.ylolfa.com